Mme E. DE PRESSENSÉ

LA

JOURNÉE DU PETIT JEAN

Dessins de PAUL ROBERT

G. FISCHBACHER, Éditeur, 33, rue de Seine, Paris

LA JOURNÉE

DU

PETIT JEAN

PARIS. — IMPRIMERIE ÉMILE MARTINET, RUE MIGNON, 2.

LA JOURNÉE

DU

PETIT JEAN

PAR

Mme E. DE PRESSENSÉ

DESSINS PAR PAUL ROBERT

PARIS

G. FISCHBACHER, ÉDITEUR

33, RUE DE SEINE, 33

1881

I

LE RAYON ROSE

C'est le matin... Un rayon rose
Glisse de la persienne close
    Jusqu'au lit blanc,
Un rayon rose qui se joue
Dans les cheveux et sur la joue
    Du petit Jean.

L'enfant entr'ouvre une paupière,
Puis il laisse entrer la lumière
    Dans ses yeux bleus.
Il regarde, et se met à rire,
Car le rayon semble lui dire :
    « Soyons joyeux! »

Parmi les fleurs de l'aubépine
L'abeille bourdonne et butine
        Son miel doré,
Et déjà la vive alouette
A fait sa toilette proprette
        Au bord du pré.

C'est le matin... tout est en fête.
Chaque fleur relève sa tête
        Humide encor,
Et Jean, qui dans son lit frétille,
Demande tout bas qu'on l'habille.
        Mais maman dort...

Oui, tout dort dans la chambre close,
Tout, excepté le rayon rose
        Qui va dansant,
Et deux yeux bleus pleins de malice
Qui le suivent dans son caprice,
        Deux yeux d'enfant.

II

JE SUIS GRAND!

Jean est debout sur sa couchette,
L'œil bien ouvert, l'air triomphant.
Il fera tout seul sa toilette
Et ce sera très amusant!...

Il grimpe aux barreaux, puis à terre
Il se laisse glisser tout droit...
Jamais d'une mine plus fière
On ne fit un plus bel exploit.

Il s'assied et prend sa bottine
Pour chausser son petit pied rond.
Elle résiste... et lui s'obstine...
La sueur perle sur son front.

Monsieur Jean se met en colère.
Il lance le pauvre soulier
Dans le baquet où son eau claire
Attend pour le débarbouiller.

A ce bruit, la mère s'éveille,
Et Jean, tout fier et tout content,
Comme s'il avait fait merveille,
Lui dit : « Regarde, je suis grand! »

III

LA DOUCHE

Voyez-le, ce grand petit homme,
Tout rose et frais comme une pomme,
Sous la douche dans son baquet.
L'eau coule à pleins bords et l'inonde,
Ruisselant de sa tête blonde
Sur son petit corps rondelet.

Pour ne pas pleurer il faut rire,
Et monsieur Jean veut qu'on l'admire
Et qu'on dise : « Il est courageux. »
Il rit donc, mais non sans alarmes ;
Sa mère voit qu'il a des larmes,
Pauvre petit, tout plein les yeux.

Elle le prend et le caresse,
Et dans ses bras elle le presse,
Son petit héros tout tremblant :
Puis pour le consoler bien vite
Et calmer ce cœur qui palpite
Si fort, elle chante gaîment.

IV

LA CHANSON DE L'EAU

Eau fraîche, eau transparente,
Belle eau qui rends content,
Qui fais croître la plante
Et prospérer l'enfant ;

Eau si claire et si pure,
Bienfaisante pour tous,
J'aime ton doux murmure.
D'où viens-tu? dis-le-nous...

« Je viens de la montagne,
Des glaciers azurés,
Et j'ai dans la campagne
Arrosé les grands prés.

« En passant dans la plaine
J'ai baigné le buisson,
La racine du chêne
Et la fleur du gazon.

« L'oiseau se désaltère
A mon filet d'argent,
Le rayon de lumière
Y brille en diamant.

« Sur ta tête frisée
Et sur ton front rieur,
Moi, je suis la rosée,
Enfant, et toi la fleur. »

V

LA PRIÈRE DU MATIN

A genoux tout près de sa mère
Jean joint les mains pour sa prière.
Il regarde vers le ciel bleu,
Puis il dit : « Maman, le bon Dieu,
Dis-moi, crois-tu qu'il est habile ?
Ce que je veux est difficile. »
Sa mère dit en l'embrassant :
« Tu sais bien qu'il est tout-puissant! »

Alors l'œil de l'enfant s'éclaire :
« Bon Dieu, puisque tu peux tout faire,
Raccommode mon cheval noir
Que j'ai cassé sans le vouloir.
Guéris-le vite, je t'en prie!
Le voilà dans son écurie,
Tout seul et triste comme tout....
Il ne peut plus rester debout.

« Il faut lui remettre une tête
Et deux pieds, à la pauvre bête.
Bon Dieu, si tu veux le guérir,
Je promets de bien obéir.
Je n'arracherai plus les pages
De mon joli livre d'images,
Et je ne ferai rien de mal.....
J'aime tant mon pauvre cheval ! »

VI

LA MOUCHE

Petite mouche noire,
Gourmande qui veux boire
   Mon lait blanc,
Pauvre mouche inquiète
Qui cours sur mon assiette
   En tremblant,

Ne crains rien... je t'invite.
Tu peux venir bien vite,
   Sans remords.
Ma tasse en porcelaine
Est pleine, toute pleine
   Jusqu'aux bords.

Seulement, sois prudente!
Dans ce lait qui te tente
   Ne va pas,
Petite mouche noire,
Tomber pour le mieux boire,
   Morte, hélas !

Ne sois pas trop avide ;
Garde une aile rapide
Pour t'enfuir.
Il ne faut pas, mignonne,
Au repas qu'on te donne
T'alourdir.

Je veux te faire fête.
Prends donc ta gouttelette,
S'il te plaît,
Petite mouche noire,
Gourmande qui veux boire
Mon bon lait.

VII

LE JARDIN

Va, mon chéri, sur la pelouse.
Il fait beau, l'air est printanier.
Mais d'abord, mettons sur ta blouse
Un tablier.
Tu pourras chercher dans l'herbette
Si fraîche et si verte au matin.
Le bouton d'or, la pâquerette
Avec le thym.

Tu verras courir les bestioles
Sous les brins menus du gazon,
Et tournoyer les mouches folles
Dans un rayon.

Tu verras l'abeille affairée
Se poser sur toutes les fleurs
Et, quand elle est désaltérée,
Voler ailleurs.

Tu guetteras sous le feuillage
La fauvette du noisetier...
Surtout, écarte le branchage
Sans l'effrayer.

Car, vois-tu, ces petites bêtes,
Abeille, oiseau, tout ce qui vit,
C'est le bon Dieu qui les a faites
Et les bénit.

VIII

LA CUEILLETTE DES ROSES

« Vois-tu, maman, les belles roses !
J'ai tout cueilli, les fleurs écloses
        Et les boutons....
N'est-ce pas qu'elles sont jolies ?
Je n'ai laissé que les flétries
        Sur les buissons.

« Elles m'ont piqué, les vilaines...
Mais aussi, vois, j'ai mes mains pleines,
        Mon tablier !...
C'est tout pour toi... je te les donne,
Et je ne veux laisser personne
        Les effeuiller. »

L'enfant, tout fier de sa cueillette,
Aux pieds de sa mère la jette
        A pleine main ;
Roses sans tige et sans feuillage,
C'est un véritable pillage
        Du beau jardin.

Celle-ci reste consternée.
C'est la floraison de l'année
        Dans sa splendeur ;
C'est la parure rose et blanche
Des beaux rosiers dont chaque branche
        Était en fleur.

« Oh ! Jean !... s'écrie enfin la mère,
Qu'as-tu fait ?... » — A ce ton sévère
        Le pauvre Jean
S'étonne. — « Je les ai cueillies
Parce qu'elles étaient si jolies,
        Pour toi, maman.

«Tu n'aimes donc plus les surprises?....
— Enfant, les as-tu toutes prises?
            Toutes d'un trait ?
— Mais oui. Je n'ai laissé que celles
Qui n'étaient plus fraîches et belles.
            Ai-je mal fait?

« Mon chéri, ta faute est légère,
Et puisque tu croyais bien faire
            De tout cueillir,
Le bouton et la fleur éclose,
Je ne te dirai qu'une chose
            Pour te punir.

« Chaque fleur si vite fanée
Aurait achevé sa journée
            Sous le ciel bleu,
Mais pour ta main rude et cruelle,
Briser ainsi leur tige frêle
            N'était qu'un jeu.

« C'est une fête que la vie
Pour une rose épanouie
            Dans l'air serein ;
Et maintenant, tristes, souillées,
Les voilà toutes effeuillées
            Dès le matin. »

Jean regarde et baisse la tête.
Il avait fait cette cueillette
            D'un cœur léger,
Et voilà que les fleurs fanées
Qui vont mourir à peine nées
            Le font songer.

IX

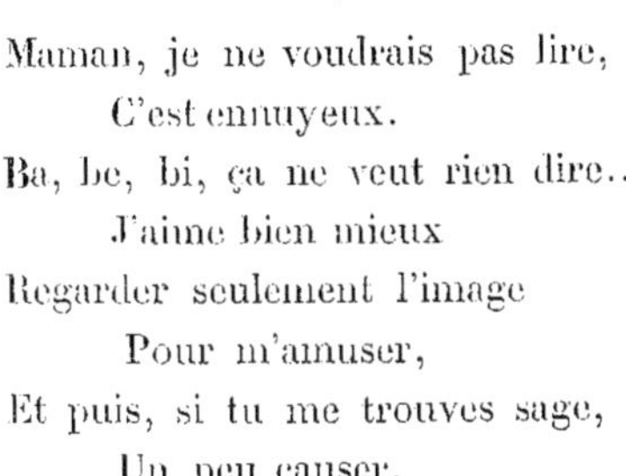

Maman, je ne voudrais pas lire,
     C'est ennuyeux.
Ba, be, bi, ça ne veut rien dire...
     J'aime bien mieux
Regarder seulement l'image
     Pour m'amuser,
Et puis, si tu me trouves sage,
     Un peu causer.

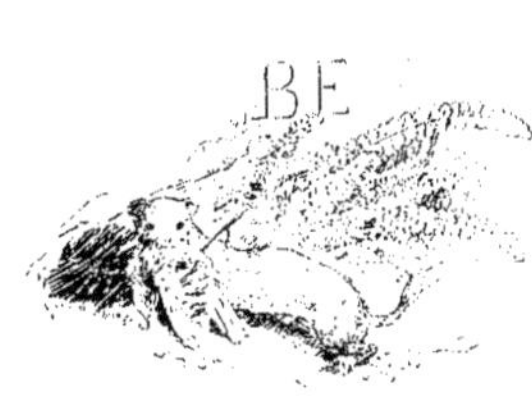

J'aime tant les belles histoires
     Que tu sais bien ;
Mais ces petites lettres noires
     Ça ne dit rien...
Je pense, moi, qu'on est bien bête :
     Le trouves-tu ?
De se casser ainsi la tête
     Pour bi, bo, bu.

Montre-moi l'agneau qui vient boire
     Sa goutte d'eau,
Le loup avec sa gueule noire
     Près du ruisseau ;
Ou bien fais-moi voir la cigogne
     Et son long cou,
Ou le vilain oiseau qui grogne,
     Le vieux hibou.

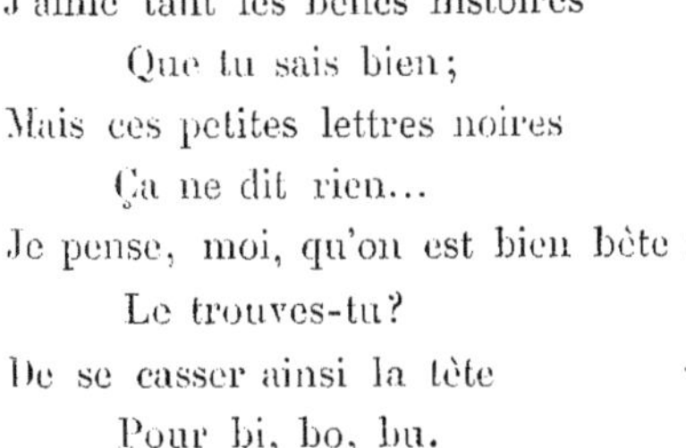

Toutes ces choses, je les aime
  Toujours autant.
Si tu me racontes toi-même,
  Je suis content ;
Car ce sont de belles histoires
  Quand on les dit,
Mais ces petites lettres noires
  N'ont pas d'esprit.

— Enfant, si tu veux pouvoir lire
  Ces beaux récits
Qui te font pleurer et sourire
  Quand je les dis,
Il te faut savoir reconnaître,
  L'œil exercé,
Chaque noire petite lettre
  De l'abécé.

Si tu prends peine pour apprendre
  A les nommer,
Tu sauras bientôt les comprendre
  Et les aimer ;
Car ces petites lettres noires,
  Dont tu médis,
Racontent de belles histoires
  A leurs amis.

X

« J'entends papa qui m'appelle...
Vite, laisse-moi courir !
Je ne veux pas qu'on démêle
Mes cheveux... Tu prends plaisir

« A me retarder, méchante !
Je vais le dire à papa.
S'il sait comme on me tourmente,
Bien sûr, il te grondera.

« Il a dit que sur sa selle
Il me mettrait un moment.
N'entends-tu pas qu'il m'appelle ?
Tu le fais exprès, vraiment.

Jean frappe du pied la terre.
Sa bonne, non sans raison,
Dit : « Quel mauvais caractère
Il a, ce petit garçon ! »

Enfin la toilette est faite,
Monsieur Jean est bien peigné ;
Il a mis sa collerette,
Quoiqu'il ait tant trépigné.

Il court et se précipite
Comme un petit tourbillon.
« Papa, papa, prends-moi vite,
Bien vite à califourchon ! »
Mais le père le regarde
Et lui dit, l'air sérieux :
« Attends, petit, et prends garde !...
Qu'est-ce qu'on voit dans tes yeux ? »

A ce mot qui l'intimide
Jean reste tout interdit,
Puis levant son œil limpide :
« Papa, qui donc te l'a dit ? »

« Ce n'est pas bien difficile.
Tes yeux bleus en disent long,
Et sans être fort habile,
Petit homme, on voit au fond.

« Dis-moi donc si ta sagesse
A mérité ce matin
Que je tienne ma promesse,
Ou bien sera-ce demain ? »

« Papa, j'ai cueilli les roses,
Et maman dit que c'est mal.
Et puis j'ai fait d'autres choses..... »
Il regarde le cheval.

Des pleurs gonflent sa paupière.
A voix basse et tout confus :
« J'étais, dit-il, en colère,
Mais je ne le ferai plus. »

Alors le père lui donne
Un baiser : « C'est bien, petit.
Ne pleure pas... Je pardonne,
Parce que tu m'as tout dit. »

XI

L'ORPHELIN

« Maman, j'ai vu devant la grille,
Un pauvre petit en guenille
    Qui regardait.
Il était tout seul sur la route.
Il se sera perdu, sans doute,
    Car il pleurait.

« J'avais à la main ma tartine
Et j'ai bien vu qu'il faisait mine
        De la vouloir.
Je lui disais : Je n'en ai qu'une…
Et lui me tendait sa main brune
        Pour en avoir.

« Mais, moi, j'ai dit : Tu n'es pas sage
De demander que je partage ;
        C'est très vilain,
Car, personne ici ne t'invite.
Vers ta maman va-t'en bien vite
        Chercher du pain.

« Et maintenant voilà qu'il pleure.
Et qu'il ne veut plus de mon beurre.
        J'ai dit pourtant :
Tu peux la manger à ton aise…
Il ne veut pas… Rien ne l'apaise.
        Il pleure tant. »

Jean pleure aussi dans sa détresse.
« Viens, dit sa mère avec tendresse,
        Le consoler.
C'est peut-être un enfant sans mère
Qui n'a pas un lieu sur la terre
        Où s'en aller. »

Il pleure encor devant la porte.
C'est qu'en effet sa mère est morte
        Et qu'il a faim.
Mais bientôt on le voit sourire
A la douce voix qui l'attire
        Dans le jardin.

XII

UNE BONNE IDÉE

Jean suit des yeux sur la route
Le pauvre enfant délaissé,
Puis il dit : « Maman, écoute,
Sais-tu ce que j'ai pensé ?

« Le petit garçon sans mère
Nous a dit qu'il avait faim...
Je sais ce qu'il devait faire
Puisqu'il n'avait pas de pain.

« Moi, si j'étais à sa place
Je serais bien moins nigaud,
Et sans faire la grimace,
Je mangerais du gâteau. »

« Mon pauvre Jean, dit la mère,
Tu ne sais ce que tu dis.
Le pain, c'est le nécessaire...
S'il te manquait, réfléchis... »

« Tu n'aurais pas davantage
De gâteau, sois-en certain.
Plus tard tu seras plus sage.
Baise-moi, mon chérubin.

XIII

LE TABLEAU

Il a tourné toutes les pages
De son joli livre d'images...
Il dit : « Je les connais trop bien.
Je voudrais, moi, qu'on me raconte
Une histoire neuve, un beau conte.
Maman, ne sais-tu donc plus rien? »

Et monsieur Jean s'étire et bâille.
Au même instant sur la muraille
Le soleil jette un rayon d'or;
Une gravure s'illumine.
C'est une mère qui s'incline
Vers un petit enfant qui dort.

Et des vieillards au front sévère
S'agenouillent comme la mère
Pour offrir à l'enfant leurs dons;
Et dans l'ombre, à peine visible,
Une vache lente et paisible
Tourne vers lui ses grands yeux ronds.

Immobile, Jean les regarde.
Bien des fois, sans y prendre garde,
Il a vu ce tableau charmant;
Mais le rayon d'or le révèle
Dans sa beauté toute nouvelle
Aux yeux étonnés de l'enfant.

Et sa mère lui dit l'histoire
Qui se grave dans la mémoire
Et ne s'en effacera plus;
Celle qui souvent répétée
Est toujours la mieux écoutée,
L'histoire de l'enfant Jésus.

Elle lui dit que dans l'étable
Il était né si misérable,
Qu'il n'avait pas même un berceau.
Et pourtant, des terres lointaines
Des rois sont venus, les mains pleines,
Rendre hommage à ce roi nouveau.

Et, dans sa divine faiblesse,
L'enfant grandissait en sagesse,
En grâce, en beauté, chaque jour.
Jamais mensonge ni souillure
N'effleurèrent son âme pure,
Reflet de l'éternel amour.

Et lorsqu'il fut homme lui-même
Il disait aux enfants qu'il aime :
« Venez à moi, soyez bénis! »
Et de sa main douce et puissante
Caressant leur tête innocente,
Il les bénissait, ces petits.

« Ah! oui, dit Jean, j'ai vu l'image
Peut-être, si j'étais bien sage,
Jésus me bénirait aussi.
Il faudra bientôt m'y conduire,
Maman... Nous le verrons sourire
Quand je lui dirai : Me voici!

XIV

LA POULE COUVEUSE

« As-tu vu la poule grise,
Qui se tient toujours assise
Sur son grand nid sans bouger.
Maman, quand on vient près d'elle,
Elle hérisse son aile
Et refuse de manger.

« C'est une drôle de bête,
Car, même quand on lui jette
Du pain, elle ne vient pas.
Ça me mettait en colère
Et j'ai dit à la fermière
Qu'il fallait crier : A bas !

« Mais elle s'est mise à rire,
Et n'a rien voulu me dire.
Que fait-elle tout le jour
Sur son nid, la pauvre poule,
Sans bouger, gonflée en boule,
Au fond de la basse-cour ?

« Si tu veux me le permettre
J'irai la prendre et la mettre
Près de nous sur le gazon.
Je le ferais en cachette...
La fermière est malhonnête.
Au lieu de rire, on répond. »

« C'est une poule couveuse.
Si ta main audacieuse
Voulait toucher à ses œufs,
Elle est capable en sa rage
De te sauter au visage
Et de t'arracher les yeux.

« Vois comme elle est patiente.
Rien au monde ne la tente
A délaisser son réduit.
Elle a ses œufs sous son aile,
Elle les couve, fidèle,
Sans bouger ni jour ni nuit.

XV

LES POUSSINS

La poule avec sa couvée,
Triomphante est arrivée
Du poulailler au jardin.
La voilà qui s'y promène,
Et sa bande qu'elle mène
Droit au milieu du chemin.

Elle glousse, toute fière,
Et s'en va grattant la terre
Pour nourrir tous ses petits.
La bande à l'envi trottine,
Piaule, becquette et piétine.
Un, deux, trois, cinq, sept, neuf, dix.

Oui, dix petits becs avides,
Dix petits oiseaux timides
Autour d'elle se pressant.
Comme elle est fière et contente!
Que sa couvée est charmante,
Bec jaune et duvet naissant!

Tandis qu'elle les promène
Tout autour de son domaine,
Ces petits poussins d'un jour,
Jean survient avec sa mère
Et, voyant la bande entière,
Étonné, s'arrête court.

« Maman, c'est la poule grise... »
Et dans sa grande surprise
Il reste sans achever.
« Oui, mon enfant, c'est bien elle.
Et les petits, sous son aile
Tu la voyais les couver. »

« Vois-tu, c'est sa récompense.
Avec tant de patience
Elle a réchauffé ses œufs ;
Puis chacun rompt sa coquille... .
On dirait une flottille
De petits bateaux joyeux. »

« La poule heureuse, inquiète,
Les rassemble et leur émiette
Tous les morceaux délicats.
Vois quelle admirable chose !
Sa couvée à peine éclose
La suit déjà pas à pas. »

« Et si l'un d'eux, moins docile,
Ou peut-être malhabile,
S'écarte un peu du chemin,
Bien vite elle le ramène
Au milieu de sa dizaine,
L'imprudent petit poussin.

XVI

LA PROMENADE

Jean tient la main de sa mère
Tout joyeux, les yeux brillants.
C'est qu'elle a dit : Allons faire
Une promenade aux champs.

Ils ont traversé la route,
Ils ont pris par le sentier.
Voilà la vache qui broute,
Tout près d'eux sans s'effrayer.

Plus loin sont les grandes herbes
Où l'on peut cueillir encor
Le sainfoin rose et les gerbes
De fleurs blanches au cœur d'or.

Parmi les blés que la brise
En vagues fait onduler,
Jean veut cueillir à sa guise
Les fleurs qu'il voit s'y mêler.

Coquelicot écarlate
Et bluet tentent sa main ;
Mais maman défend qu'on gâte
Le beau blé qui fait le pain

Bientôt l'enfant se console.
Un sentier de fin gazon
Bordé de fleurs, d'herbes folles,
Les conduit près d'un buisson.

Oh ! qu'il est beau ! Chaque branche
Est un vrai bouquet de roi.
Plus d'une vers eux se penche
Et semble dire : Prends moi !

C'est l'églantine rosée,
Frêle et délicate fleur
Qui, sur sa tige brisée,
Répand sa fine senteur.

« Prends garde ! elle a des épines,
La rose de l'églantier.
Laisse-la ! si tu t'obstines,
Tes petits doigts vont saigner. »

« Pour en remplir notre coupe
J'en prendrai quelques rameaux,
Mais il faut que je les coupe
Sans effort, de mes ciseaux.

« Vois-tu, c'est une fleur frêle
Qui va trop tôt s'effeuiller,
Mais aussi, comme elle est belle,
La rose de l'églantier ! »

XVII

LA CHÈVRE BLANCHE

Une chevrette blanche,
Au détour du sentier,
De sa dent fine ébranche
L'enclos de noisetier.

Quelle gentille bête,
Et quel museau mutin !
Jean tout ravi s'arrête
Sur le bord du chemin.

Il tend sa main mignonne
D'un geste caressant :
« Veux-tu que je te donne
Un peu de mon pain blanc? »

Mais la chèvre maligne
Fait un bond gracieux,
S'enfuit et puis le guigne
De son œil curieux.

Par moment, la méchante
Lui permet d'approcher,
Mais quand sa main tremblante
Se tend pour la toucher,

Sur une grosse pierre
La chèvre a fait un saut
Et debout, toute fière,
Le regarde d'en haut.

Enfin Jean se dépite,
Et s'assied tout chagrin.
Lassé de sa poursuite
Il a jeté son pain.

« Cette vilaine bête,
Je la trouve vraiment
Gourmande et malhonnête...
Refuser mon pain blanc!...

« Non, ce n'est qu'un caprice.
D'autres en ont parfois...
La chèvre a sa malice.
Regarde, je la vois

« Montrer sa tête fine
Et, flairant le pain blanc,
De sa bouche mutine
Le croquer gentiment. »

XVIII

LE NUAGE

Le soleil à l'horizon baisse.
Ses longs rayons sur les grands prés
Jettent leur dernière caresse ;
Les sommets des bois sont dorés.

Au ciel bleu, les nuages roses
Se balancent dans l'air léger.
Jean regarde toutes ces choses,
Et reste immobile à songer.

« A quoi penses-tu, dit la mère,
Posant sur le front de l'enfant
Sa main caressante et légère,
Es-tu triste, mon petit Jean ? »

Lui, tout doucement se dégage,
Et puis, se détournant un peu
Sans quitter des yeux le nuage :
« Je veux, dit-il, voir le bon Dieu. »

Ce nuage plein de lumière
Est pour lui la porte du ciel.
Le voir s'ouvrir à sa prière
Lui semblerait tout naturel.

Sa mère sait bien le comprendre
Et, l'attirant sur ses genoux,
Elle lui dit de sa voix tendre :
« Dieu ne se montre pas à nous.

« Mais ces arbres et ces prairies
Qui ravissent tes yeux d'enfant,
Ces belles campagnes fleuries,
Et ce grand ciel éblouissant :

« Et ce soleil que tu vois luire,
D'en haut sur les choses d'en bas,
Enfant, sont comme le sourire
Du Dieu que nous ne voyons pas. »

XIX

LA PRIÈRE DU SOIR

L'ombre se répand sur la terre.
Le dernier reflet de lumière
S'éteint dans les brumes du soir,
Mais au travers de la fenêtre
L'une après l'autre on voit paraître
Les étoiles dans le ciel noir.

On n'entend que la voix lointaine
Des rainettes, et la fontaine
Qui ruisselle dans son bassin ;
Et dans cette paix si profonde,
Le seul écho qui lui réponde
Est une orfraie au bois voisin.

Agenouillé devant sa mère
Le petit Jean fait sa prière.
Il hésite, et dans son œil bleu,
Coupant la phrase commencée,
On voit briller une pensée...
« Maman, j'aime bien le bon Dieu.

« Crois-tu que j'ose le lui dire ? »
Sa mère se prend à sourire,
L'embrasse, et répond : « Tu le peux. »
Alors, d'une voix assurée.
La figure tout éclairée,
Jean recommence tout joyeux.

— « Oh ! bon Dieu, je te remercie
Et je t'aime beaucoup, beaucoup,
Car la campagne est si jolie,
Et je suis si content de tout.

« Maman dit que tu les as faites,
Ces belles fleurs que j'aime tant,
Les arbres, et toutes les bêtes
Qui vivent si joyeusement. .

« La mouche noire qui bourdonne,
L'oiseau qui sautille si gai,
Et c'est toi, bon Dieu, qui me donne
Mon lait, mon pain, tout ce que j'ai.

« Mes jouets qui sont dans l'armoire,
Mon lit blanc où l'on dort si bien!... »
Il cherche encor dans sa mémoire
Surpris de ne trouver plus rien.

Enfin son œil brille et questionne :
— « Est-ce le bon Dieu qui me donne,
Dis-le moi, ma maman aussi? »
Sur son cœur sa mère le serre
Et lui répond, émue et fière :
« Disons-lui tous les deux : Merci! »

XX

CHANSON DU SOIR

Ton œil bleu s'est enfin fermé,
Et ta tète blonde repose,
Souriante comme une rose.
Mon petit lutin bien aimé.
Ton œil bleu s'est enfin fermé.

Ta bouche est restée entr'ouverte,
Laissant passer ton souffle égal.
Mon petit oiseau matinal
A replié son aile alerte.
Ta bouche est restée entr'ouverte.

Enfant, qu'il est doux ton sommeil !
Rêves-tu ? Je te vois sourire.
Tu ne sauras pas me le dire,
Ton joli rêve à ton réveil.
Enfant, qu'il est doux ton sommeil !

Tu vois sous tes paupières closes,
— C'est pour cela que tu souris —
Les beaux oiseaux du paradis,
Et ses papillons et ses roses,
Passant sous tes paupières closes.

Pour toi, tout est doux et riant,
Et la nuit même s'illumine.
Ton petit cœur dans ta poitrine
S'épanouit joyeusement.
Pour toi tout est doux et riant.

Dors en paix. Que Dieu te bénisse,
Mon petit lutin bien aimé.
Ton œil bleu s'est enfin fermé,
Ton doux œil bleu plein de malice.
Dors en paix, que Dieu te bénisse !

FIN

TABLE

FIN DE LA TABLE

PARIS. — IMPRIMERIE ÉMILE MARTINET, RUE MIGNON, 2.

www.ingramcontent.com/pod-product-compliance
Ingram Content Group UK Ltd.
Pitfield, Milton Keynes, MK11 3LW, UK
UKHW021501090726
13657UKWH00003B/1456